KB027884

상처 먹고
사랑 낳았다

국립중앙도서관 출판예정도서목록(CIP)

상처 먹고 사랑 낳았다 : 이원정 시집 / 지은이: 이원정. --
서울 : 한누리미디어, 2015
  p. ; cm

ISBN 978-89-7969-499-4 03810 : ₩13000

한국 현대시[韓國現代詩]

811.7-KDC6
895.715-DDC23   CIP2015009221

상처 먹고 사랑 낳았다

지은이 / 이원정
사 진 / 서상민
발행인 / 김재엽
펴낸곳 / **한누리 미디어**
디자인 / 문주희

121-840, 서울시 마포구 잔다리로 35 (서교동 서원빌딩 2층)
전화 / (02)379-4514, 379-4519
Fax / (02)379-4516
E-mail / hannury2003@hanmail.net

신고번호 / 제300-2006-61호
등 록 일 / 1993. 11. 4

초판발행일 / 2015년3월31일

값 13,000원

ISBN 978-89-7969-499-4 03810

상처 먹고 사랑 낳았다

백기 들고 그대에게 항복한다

한누리미디어

　이원정 시인의 시집『상처 먹고 사랑 낳았다』는 유머러스한 제목이다. 이 시를 감상하면서 실로 많은 것을 생각하게 되었다. 그것은 일상생활에서 거의 잊거나 무관심했던 부분에 대해 스스로를 되돌아보지 않을 수 없는 영역들을 제시하고 있는 까닭에서이다. 왜냐하면 생활주변에서 관심 밖으로 밀려나 방치된 무질서와 부정(不淨)· 불결(不潔)한 환경에 관해 이 시집에 수록된 시에서 시적 혜안(慧眼)으로 미학적 세계를 제시하고, 일상화된 나태한 의식을 일깨우고 정신적 성장을 이끌고 있어 심정적으로 작은 폭풍을 일으키고 있는 점이 돋보인다. 그리고 순정하고 무구(無垢)한 이원정 시인의 작품을 통해서 읽을 수 있는 것은 꽃 몽우리· 산· 쓰레기· 담배꽁초· 손수건· 부석사· 선비정신· 아버지· 어머니· 볕· 개미· 운명· 인생· 소낙비· 저승사자· 폭풍· 외로움· 욕심· 자연· 물안개· 고드름· 시간· 단풍· 사물· 사랑· 총각· 마음 따위에 대해 시작(詩作)을 통해 보여 주고 있다. 시인이 대상(사물)을 관찰하는 눈이 매우 예리하고 섬세하고 또 정직하다는 것을 읽을 수 있다. 한마디로 말하면 전편에 흐르는 시는 직관적이면서도 관념적 인식론적인 것을 존재론적인 시각으로 시를 더욱 승화시키고 있다.

　시를 쓸 때 언어로는 온전하게 다 표현할 수 없는 것이 있다. 원래 시에는 속 깊은 시심(詩心)이 자리 잡고 있기 때문이다. 왜냐하면 시는 발레리의 말처럼 '좋은 시는 그 가장자리에 침묵을 거느리고 있다.'는 말을 상기하면 충분히 이해할 수 있을 것이다. 한 편의 시가 전하는 뜨거운 숨결을 독자는 그의 가슴으로 느낄 수밖에 없다. 그래서 시를 감상하고 수용하는 독자에 따라 다양한 해석이 나올 수밖에 없다. 어쩌면 그것이 시의 본질적인 속성이라고 보아도 될 것이다.

　이 시집에 수록된 작품들 중에는 서정시와 관념시가 함께 공존하고 있다. 어쨌든 간에 시는 적절하고 정제된 순수한 시어와 함께 시의 생명인 은유의 역할이 매우 중요하다.

'시는 오직 은유의 영역에서뿐이다.'라고 Wallace Stevens가 바뀌고있고 또 ' 시인이 시인인 것은 오직 은유의 영역에서 뿐이다'. 그렇지 않다면 산문과 다를 것이 없을 것이다.

이 시집에 수록된 아래의 시 한 편을 살펴보기로 한다.

우리의 인생을 최대 연장하여 100년을 산다 해도
　　36,500일밖에 못 산다
　하루 86,400초는 자신의 생명이기에
　　　다 사용해야 한다

　　근로하는 시간을 낭비하지 마세요
　　휴식하는 시간을 낭비하지 마세요
　　사랑하는 시간을 낭비하지 마세요

　　내가 나에게 속고 있었다
　　속았던 사람이 바로 나였다
　　할 일과 안 할 일을...
　　할 말과 안 할 말을...

　　　　- 수레바퀴 같은 인생- 전문

　이 시는 아주 평범하면서도 아무나 관심을 기울이고 쉽게 쓸 수 있는 소재(素材)들이 아니다. '수레바퀴 같은 인생'은, 실로 허무하고 허망하기 짝이 없는 인생이지만, 많은 시인들은 그것을 시로 승화(昇華)시키려는 관심을 가지지 않는 경지의 시다. 사실 인간에게는 한번뿐인 생명의 길이를 아무리 널리려 해도 늘릴 수 없는 요소가 바로 시간이다. 사실 알고 보면 인간은 시간 속에서 태어나 일생을 살다 또 그 시간 속에서 허망하게 홀연히 사라져 가는 존재가 바로 인간이 아닌가.

그러나 문학적 열정이 넘치는 이원정 시인은 이처럼 남이 미처 관심을 기울이지 않는 부분의 시재(詩材)를 찾아 시간의 중요성을 새롭게 일깨워 주고 있다. 그렇다면 더 말할 것도 없이 주어진 시간을 소중히 여기고 단 한 시간도 허비하는 일이 없는 알찬 삶을 살아야 마땅하다. 인생은 오직 단 한 번의 기회뿐인 한시적 존재이다. 그래서 그런지는 몰라도 이원정 시인은 능동적 적극적인 자세로 시작(詩作)에 심혈을 기울이고 있는 모습이 시 속에서 드러나고 있다. 그런 점에서 본다면 시인으로서 갖추어야 할 가장 중요한 요소인 시적 열정과 시혼(詩魂)이 아닐까 싶다. 요약하면 형이상학적 존재론적 의미의 인간의 삶을 시로 표현하고 있다.

  여기서 우리들에게 참고가 될 만한 귀중한 말 한 마디를 상기할 필요가 있다.
  애플 컴퓨터 창업자인 스티브 잡스(Steve Jobs)는 이렇게 말했다.
  "인생은 단 한 번뿐이다. 남의 인생을 살지 말라. 너의 목마름을 추구해라. 바보 같아도 좋다." (스탠퍼드 대학 졸업식에서 축사할 때 한 말이다.)

  시인은 정제된 감정을 집중하고, 고르고 또 골라 가장 순수하고 구체적인 이미지와 진실한 언어로 한 편의 시를 쓰는 것이다. 시상(詩想)이나 시정(詩情)과 시혼(詩魂)이 넘쳐흐르는 시라야 만인에게 공감을 안겨 주는 시가 될 것이다. 그러한 시는 영원성을 잃지 않는다.
  "시는 인간 속에 있는 신성함을 퇴락 속에서 구하고…, 모든 것을 아름다운 것으로 환원시킨다."고 말한 Shelley는 진선미와 사랑이 존재하는 세계는 오직 '시(詩)'를 통해서 성취할 수 있다는 사실을 믿고 있다. 우리는 그의 말에 관심을 가질 필요가 있다.
  여기서 우리는 문학의 힘이 단순한 말이나 허상이 아니라, 실질적으로 엄청난 힘을 발휘하고 있다는 사실을 훌륭한 문학 작품을 통해 확인할 수 있게 된다.

물론 그것은 고전(古典)을 통해서 뿐만 아니라, 현대의 시인 작가들의 작품에서도 얼마든지 확인할 수 있다. 여기 이원정 시인의 시집에 수록된 작품을 통해서도 그것을 은연중에 발견하게 된다. 그래서 문학 작품은 진리와 영원성을 발견하게 된다는 사실이다. 좀 더 쉽게 말하면 살아 숨 쉬는 인간의 삶을 그린 것이기 때문이 아닐까. 그래서 단순한 이야기가 아님을 알아야 한다. 그런 것이 내재해 있지 않다면 그것은 한낱 부질없는 허상에 지나지 않을 것이다.

  그런 점에서 보면 우리의 생활 주변에서 얼마든지 발견할 수 있는 문학적 대상(피안지향성)이 존재하고 있음을 발견하게 될 것이다. 이원정 시인은 바로 그런 대상을 먼 데서 찾지 않고 바로 자신의 주변에서 찾아 시로 승화시키고 있음을 확인할 수 있게 했다. 그런 능력은 바로 이원정 시인의 문조(文藻)가 그것을 입증하고 있다는 점을 결코 간과해서는 안 된다. 이 시집에 수록된 119편의 시에서 그런 점을 발견할 수 있게 된 것은 참으로 다행한 일이다.

  영국 시인 하우스만(A. E. Houseman, 1859-1936)은 시를 쓰는 작업을 "상처 받은 진주조개가 지독한 고통 속에서 분비 작용을 하여 진주를 만드는 일"에 비유하고 있다. 시뿐만 아니라, 작가들의 전기를 읽어 보면 극심한 내적 고통을 겪고 난 후 영혼의 깊은 상처를 승화하여 주옥같은 작품들을 쓰는 예가 허다하다는 사실을 참고할 필요가 있다.

  아무튼 이원정 시인의 경묘한 시를 통해 독자들에게 새로운 시 세계를 보여줌으로써 많은 도움이 되었으면 한다. 이원정 시인의 영광과 행운이, 아울러 훌륭한 작품을 통해 시인으로 대성하기를 바라마지 않는다. 이 시집이 전국의 많은 독자들의 사랑을 받게 되길 바라면서 주저치 않고 추천한다.

  문학평론가/소설가 김 태 호

1. 오늘을 즐겁게 사세요

2. 아지매 옷자락이 펄럭펄럭 날린다

4. 다이아몬드 사랑

5. 긍정으로 수고하는 인생

6. 몸님! 안녕하십니까

7. 새날을 기다리는 임이시여

8. 깨끗한 하늘 아래 숨 쉬는 행복

등불보다 밝은 태양아래
숨을 곳이 없다

먼 길 돌아서 오라
수고한 보답으로
이마 주름살 펴 줄께

1

오늘을 즐겁게

사세요

나라는 생각에 갇혀 있지 않고
하고 싶었던 말들을 몰락 잃고
직접 행위 할 때 성장하는 맛

꽃 몽우리 필 때

나뭇가지에 젖꼭지 닮은 속
세찬 바람이 때려도

떨어질까
껌 딱지처럼 찰싹 달라붙어

해님이 구름 배꼽 사이로
배꼼이면

얼어붙은 꽃 몽우리
젖통이 쭉 부풀어 오른다

위로의 사랑

진실만을 번쩍 들고 치료를 위해서
세상지식과 개인경험
온갖 감정들을
몰락 내려놓으시라면 내려놓을게요

그대가 가지고 있는 것은
위로와 격려를 가지고 있고
그대가 내게 줄 수 있는 것은
그대의 사랑입니다

밖의 칼바람은 관절을 찌르고
눈보라 날리어 얼굴을 분칠하는
거룩한 밤입니다 지금은
위로와 격려를 받을 시간입니다

그대의 사랑으로 지난날을
치료해 주세요

냄새나는 오물이 싫어요

유효기간이 지났다고 오물취급하며
함부로 버리지 말아 주세요
알뜰 살림살이로 가정경제 회복해요

꽁알만한 간으로
냉동실에는 가득가득 얼리게 쌓인 음식
통 큰 욕심 때문에
냉장실에는 차곡차곡 차갑도록 쌓인 음식

먹지 못하고 남긴 맛있는 음식
남이 안 본다고 하수구 통속으로
버리지 말아 주세요

오물이 화가 나면 부글부글 끓어 올라
지독한 냄새들을 구름처럼 끌고 와서
우리가 사는 생활환경을
무차별로 공습할 것입니다

하얀 알몸

그대에게 맡겨요

하얀 알몸을 그대의 입술에 맡겼으면
끝까지 책임져 주세요
필요하다고 느낄 때는
불쌍하게 구시더니

여기 저기 툭툭 버리시면 안 됩니다
들어갈 때
나올 때
한결같이 소중하게 취급해 주세요

꽁초가 되었다고
함부로 취급하시면 그 죄 값은
비싸게 납부 하셔야 합니다

이젠 담배가 비싼 몸입니다

큰 일 났네
고장났어

세모와 세포를
연결하는
생명선이 얽히고설키고
고장났네

뿔난 황소 숨통 끊어질 듯
거시기가 화가 나서
두레박 곤두박질치고
피가 거꾸로 물구나무 서 있다

화가 난 거시기를 두 눈 빠지게 쳐다보니
작은 우주
빙빙 돌아가네

깔딱 고개를
쉬지 말고 넘어라

우주에서 바라본 지구사진
한 장으로
우리가 사는 지구를 작다고
과소평가하는 일은
무지의 소치이다

첩첩산중에서
길을 개척하는 것이
우리네 인생이다

1분이라는 시간은 짧지만
60초라는 시간은 길다

매초 마다 숨을 헐떡헐떡 거리며
길을 내고 산을 넘는 일이 삶이다
잘못된 믿음으로 안주하는 것은
난파선을 미리 보는 일이다

하늘이 울고 땅이 젖어도
사랑은 뜨겁다

기억하고 싶지 않는 것은 문회이라
하늘 문 열고 파랑새 음성을 듣는다

사랑의 길이는
생각이 미치는 곳까지이다

죽음보다 힘듦을 겪는다 해도
죽음보다 나은 편이다

칼날 위를 걷는 보행으로
구름 담장을 뛰어 넘는다

영웅의 일기

사는 일에 지친 영혼들
스스로를 보살피지 않는
무기력증의 빛바랜
그대들은 신께서도
고개를 돌려 모른 척 하신다

그대 앞에 놓인 장애들을 온 몸으로 밀치고
두 팔을 내밀어 제치며 우뚝 일어서야 영웅이다
신께서 그대를 무덤에서
꺼내주실 거라는 믿음은
그대가 저지른 실수 중에
가장 큰 착각으로 기록 될 것이다

잠자는 시간은 죽어가는 날들이지만
일하는 시간은 잘 돌아가는 날들이다
죽어가는 그대는 행위 할 일이 없다

그대가 영화 빠삐용의 주인공이 되었을 때
그대는 영웅이다

청춘 앞으로

몸에 맞는 옷을 입고
먹기 싫은 먹을거리는 멀리하고
분수에 맞는 집에 살고
멀쩡한 젊음 앞에 약병은 치우고

사랑하지 않는데도
사랑하는 것처럼 흉내를 곧잘 내자
살다보면 사랑보다
정이 무서워 더불어 잘 산다

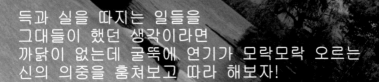

득과 실을 따지는 일들을
그대들이 했던 생각이라면
까닭이 없는데 굴뚝에 연기가 모락모락 오르는
신의 의중을 훔쳐보고 따라 해보자!

젊은 청춘 앞으로

등불보다 밝은 태양 아래
숨을 곳이 없다
실수보다 더 무서운 것은
행위를 하지 않는 것이다

젊음이여 청춘 앞으로!
상대에 대한 야속한 말은 하지 않는다
그 상대가 바로 나이기 때문이다

젊음이여 청춘 앞으로!
생각이 많으면 할 말이 많다
에너지를 소집해서 황포돛배를 타고 성을 떠나라!

머리가 복잡하고 가슴이 답답할 때
사랑이 묘약입니다

우리 부모님 세대도
고난은 있어 왔다
발품으로 눈동냥으로 얻는 지식들이
우리의 현실이다

한꺼번에 힘든 일들을
지혜를 얻는 일에서
해소되는 것은 아니다

손바닥 하나로 하늘을 가리지 못하듯이
의지 하나로 밖의 사정을
해결 할 수 없다

머리가 복잡하고
가슴이 답답할 때처럼
다급한 위기에는

백기 들고 그대에게 항복한다
사랑의 묘약을 청구하여
신비를 마시고
갑옷을 심장에 둘둘 감고 무장하자!

머리가 복잡하고 가슴이 답답할 때
사랑이 묘약입니다

사랑의 샘터에서
쏟아내는 에너지는 이따금
안 되는 일을
되는 일로 바꾸어 줍니다

이제 수고한 그대에게
경의를 표합니다

오늘 잘 사는 그대에게
경의를 표합니다

삶의 기술자는
사랑의 의무를 잘 지키고
신비한 사랑의 에너지로

또다시 웃고
또다시 일을 시작합니다

견우와 직녀를 가석방 합니다

사랑을 키우고 사랑을 먹는다
바라만 보아도 배가 부르다

날마다 볼 수 없어 안타깝다
기다림의 울부짖음이
하늘의 별자리를 헤아린다

그리움이 감옥살이를 하고 있다
그대와 나는
견우와 직녀를 가석방 시켜주고

그대와 나는
맡은바 소임에 성실히 일하고
죽을 만큼 사랑해서 애국하자

이젠 다 알아

기다림이 인생이라고 말하지만
기다림은 알 수 없는 미래일 뿐
두뇌로 하는 일은 성이 차지를 않는다

그리움이 하루살이라고 말하지만
그리움은 응답 없는 하늘의 별과 달
이젠 다 알아
귀로 직접 듣고 싶다

보고픔이 가슴앓이라고 말하지만
보고픔은 만질 수 없는 로또당첨금
이젠 다 알아
눈으로 직접 보고 싶다

사랑은 원시시대

우산 없이 쏟아지는 소낙비를
흠뻑 젖는 것이 사랑이다
젖은 옷을 입고 있지 않다면
비를 맞지 않은 것이다

덥석 만지는 것이
사랑인 까닭으로
돌파해야 사랑에 이른다
바라만 보면 먼 산 구경한다

신체가 병든 것은
영혼이 설렁했던 이유이고
운명이 형통한 것은
영혼이 충만했던 까닭이다

2

아지매 옷자락이
펄럭펄럭 날린다

나의 고향 대한민국 영주시
생태계의 보루
화합하는 신토불이 도시

개미의 기운찬 행진

담장 밑에
분주한 개미들의 보따리 행진

머리에 이고
허리에 지고

오직 외길을 종종 거리며
바쁜 걸음으로 달린다

나비야 훨훨 날아라

꽃술 속에
아무도 모르는 우주의 블랙홀 있다

하늘과 대지 사이
나비가 날개 짓으로 바람을 일으키는 동안

그대와 나는
우주 블랙홀 속에 숨어 있었다

장맛의 숨결은
하늘을 담아 넣는다

콩 푹 끓여 지근지근 밟고
새끼줄 탱탱 감아
햇빛에 주렁주렁 늘어 말린다

발효 잘된 놈 참숯 한 토막
고추 몇 개 둥둥 띄우는 것이
장맛의 비결이라나

손가락 꾹 찍어 장맛 좋다고
아지매 옷자락이
펄럭펄럭 날린다

우리 조상님의 지혜가 살아 숨 쉬는 맛
살랑살랑 부는 바람결을 따라
장물은 너울너울 하늘을 담아 넣는다

좋은 벗이 생겨서

물 한 사발을 장독대 위에 정성껏 올린다
누가 볼까 좌우 살피며
비나이다 비나이다
원만성취 비나이다 ~

지금 바로 검은 하늘의 먹구름이
무거운 몸을 풀려는가 보다
갑자기 한바탕 소낙비가 쏟아진다
두 줄기의 눈물을 닦아 주는 소낙비의 손이
얼굴을 만진다

오늘 소낙비는 눈물을 닦아주는 벗인가 보다
깨지고 멍든 찌꺼기들을 말끔히 씻어 내린다
비나이다 비나이다
만사형통 비나이다 ~

부석사 단풍길 따라

머리에 이고 있는 짐
한 생각에 몰락 내려놓으시게 하고
극락정토 이끄시는
아미타불 부처님

봉황을 닮은 봉화산 끝자락에
가장 오래된 목조건물의 부석사

의상대사가 창건한 화엄종찰
석양 비추는 단풍길 걸음마다
법성계 음율이 바쁜 발걸음을
포위하여 멈추게 한다

비밀의 열쇠 바라보기
생명의 순환 지켜보기

선비정신이 살아 있는 영주시

산허리 붉게 물든 오월의 철쭉
    온화한 산등성
    웅장한 산세와 문화유적

    태고의 자연
    소백산 자락
    선비정신이 살아 있는 영주시

    소백산 자락길의 힐링
    풍기인삼의 생산지
    전통한옥마을과 무섬외나무다리

    사람 손 타지 않은 울창한 숲
    여인네 속치마 펄럭이듯
    하얀 안개 내려앉는 소백산

영주 가는 길

자연생태보존 1등 도시
내성천 굽이굽이 흐르는 생명의 이력서
자랑스런 순흥소수서원의 정신문화

화합하는 고품격 도시
사랑하는 전통한옥 마을
아껴주는 무섬마을

천년고찰 부석사
옛 조상님들의 지혜
선비정신의 고향

자연특산물을 바구니에 가득가득 채우니
고향사람 부자자랑
나의 고향 대한민국 영주

산신님 보우하사

우리 아버지
우리 어머니를 닮은 아득한 옛날의 소백산
산신 할배와 할매가 살았다

비 올 때 우리의 산신 할배는
숲 속에 빗물을 가두어 두셨다가
기운차게 오줌 싸시듯
언제나 계곡물을 콸콸 흐르게 하시는
고마운 분이시다

산의 젖가슴 마다마다에서 출생하는 생명들을
우리의 산신 할매는 건강하게 기르시다가
신토불이 자연특산물들을 우리 고향사람들의
식탁 위에 골고루 나누어 주시고
건강을 지켜주시는 고마운 분이시다

나의 친구야

나의 친구야
미안하다 멍멍 짖어도
나의 친구야
미안하다 푸드득 짹짹거려도

노래하는 건지
울고 있는 건지
눈빛으로
느낌으로 느낄 수 밖에

나의 친구야
미안하다
오래오래 같이 살자 친구야
우리는 가족이란다

고양이의 모정

검은 밤 복면 쓴 검객이
얼마나 급했던지
상한 음식물을 한 입에 꼭 깨문다

비밀의 암호소리
으~응으로
검객이 새끼들을 부른다

비닐봉지 뜯는 바스락 소리
노숙자 없는 검은 밤
잔치 집 상차림소리가 들린다

3

땡볕에 고추타듯

바짝바짝 탄다

조금 늦어졌다고 탈나는 것은 아니다
우리가 주목해야 할 것은
어제가 아니고 오늘이다

한 고비 두 고비

좋다고 하니까
한 고비
찾아오고

어렵다고 하니까
또 한 고비
찾아오더라

한눈팔고 머뭇거리니까
한 고비
두 고비
넝쿨이 담을 넘어 앞이 안보이더라

돈이 뭐 길래

그 놈의 인연
무 자르듯
꽉 치고 싶다던
할매

애지중지 키우던
자식새끼들
쩐 싸움이 벌어져
먼저 저승행차

할배
멍든 가슴팍 찢어지니
구슬프게 피눈물이 주루~룩 흐른다
결국 터질 것이 터지고 만다

식은 밥 한 덩어리

숨을 쉬고 산다는 것이
얼마나 힘이 드는 일인지
밥 한 그릇
먹을 수 없었다

살다가 낙심할 때가 있는데
단돈 일 천원 들고
동네마트에 들러 콩나물을 사서
깨끗이 씻어 물 넣고 펄펄 끓여

콩나물국에 식은 밥 말아
입안에 수북수북 채우니
포만감의 기쁨 앞에 서러움은 벌써 까먹고
자신감이 쑥쑥 오르더라

거시기 한번 싸고

가는 곳 마다
구린내의 점령군들이 인생을 탄압한다
이 보다 더 급한 일이 어디 있소

살다가 살다가
찌꺼기 쓰레기
한가득 쌓이니 숨조차 쉬기가 어렵다

걸림돌
층층이 거시기처럼 앞을 막아서니
인생이 무거워 꼼짝달싹 못한다

벼슬 준데도 싫소 재물이든 체면이든
뭐든 다 내동댕이치고
시원하게 거시기 한번 싸고 가이시다

소낙비

좁은 길에 도랑물이 넘쳐 오른다
우렁차게 쫘~앙
내리치는 강한 빗줄기

고삐를 못 잡고 있는
서툰 것들을
모조리 휩쓸어 하마 입으로 들어간다

어이할고 머뭇머뭇 하는 때
한꺼번에 다 삼키고
덩치 큰 하마는 달아난다

지금 찾고 있는 것이
하마 따라 갔나
어디로..

창문 배꼼 열어

꽝 소리가 들리면
창문 배꼼 열어 고개 내밀어 보고

비바람이 멈추면
굴뚝에 모락모락 고마움이 피어오른다

장독 위의 바가지가 이리저리 부딪히더니
깨지는 소리가 난다

비바람 몰아치면 살림살이 흩어질까
숨죽이며 지킨다

예쁘게 지은 스위트 홈은
아무런 일이 없었던듯이 건재함을 뽐낸다

아픔 없는 부모 없다

세월 가니 망할 놈의 자식이라며
두 눈에 지울 수 없는 아픔의 눈물들을
울보처럼 뚝뚝 흘리신다
어찌하다 어찌하다

오늘날의 부모님들은 자신의 아드님들을
최고 대우로 극진하게 모시고 살아간다
상전이 된 아드님들이 얼마나 귀하신 몸인지
쭉쭉 빤다

나 어릴 때는
가난하게 살아도 부모들이 자식을 부를 때는
머시야 거기 누구 없나 밥 같이 먹자!
정 하나로만 살았었다지..

몸님이 고장이래

입은 땡볕에 고추 타듯
바짝 바짝 탄다
살아보려고 온 힘을 다해 버틴다

고성 지르며 괴롭히던 고객
한 바탕 전쟁 중
짱짱하던 모습 어느새 쪼그라든다

몸님 이리 비틀고
저리 비틀려
목구멍에 열기 팍팍 쏟아난다

이겨야 한다고 꿀물 꿀꺽꿀꺽
어휴 온 몸의 힘이
쭉 ~ 하산한다

어머니의 겨울밥상

팔순 노모의 사랑
자신의 딸을
어린 아이와 같이 안쓰러워한다

양손의 보따리에 보따리 끼고
무거운지도 모르고 걸어오신다
시골 보따리 풀어보니
입안의 밥상이 풍성하다

동장군이 저만치 바람을 타고오고 있다
냉풍이 조석으로 창문을 열고 들어온다
마른 나뭇잎은 나뒹굴어 거리를 채운다

부모마음
같다지만
변치 않는 우리 어머니의 사랑에 감사드린다

식탁의 제왕 김치찌개

김치 한 포기 썰어
밥상에 올리고
먹다 남는 김치를
빈 통에 꾹 쳐박아 넣는다

가족들은 말한다 찌개거리가 없어 입맛이 없다고
이때 비상용의 거시기를 찾는다
양은 냄비에 거시기와 멸치 몇 마리를
둥둥 띄우고

냉장고 두부 반모를 꺼내 썰어서 넣고
부글부글 끓이면
거시기가 식탁의 제왕으로 재생되어
화려한 입장을 한다

우리들의 아버지

아내에게 늘 말없는 말로 감사를 전한다
사나이라는 이유 하나만으로
천근만근의 어깨 짐을 지고 다니신다

첫 사랑의 달콤한 맛과
첫 아기의 탄생 등
가정의 소중함을 알기에

가족을 부양해야 하는 책임감
올빼미 새벽 별을 보면서
삶의 현장으로 향한다

고된 삶의 현장은
아버지가 되어 본 적이 없는 사람은
모를 일이다

살얼음판이 된 일터에서 살아남으려고
우리들의 아버지는
가족과의 대화를 잠시 뒤로 미루시고

근로현장에서 걸음마를 배우듯
새로운 정보와 기술을 익히고 배우며
고개 숙이는 아버지들이시다

지난 날 산만큼 큰 믿음을
우리들이 받을 수가 있었기에
아버지는 큰 산과 같으셨지만

멋진 아버지에게는 예전의 젊음은 이젠 없다
아버지는 늙어가고 계신다
아버지라는 이름 앞에 오직 감사만을...

골병 들어가는 사나이

회사에 출근하면 눈칫밥 먹느라
닥치는 대로 식사를 하고
집에 오면 마누라 등쌀에
밥 한 끼 먹는 것도 힘들잖소

미안하오
미안하오
눈뜨면 출근길 바빠서
입에 풀칠도 못했잖소

미안하오
미안하오
시간이 없어도 그대를 위하여
밥 한 그릇 후딱 해치우소

효도는 가까이서

내일이면 벌써 늦는다
이 글을 읽는 지금이...
좋은 옷은 아니어도
포근한 실장갑 한 켤레를 사는 자녀는 희망 전달자

우리 부모님과 같이
노인인구 증가에 따른 노인들의 외로움을...
비싼 것 아니어도
따끈한 풀빵 한 봉지 사는 자녀는 웃음 창조자

마음만으로 부모에 대한 보상은 안 된다
언젠가 우리도 노인의 모습이 될텐데...
손가락 깁스 풀고 통신비 후하게 지불하고
안부 여쭙는 자녀가 기쁨 생산자

훌쩍훌쩍 편지

비뚤 비뚤 콩알 크기의 글씨들로 쓴
편지 한 장이 우편으로 날아왔다

야야
니들 잘 있제

나도
밥 잘 먹는다

어디 아픈데 없제
건강하여라

어머니의 마지막 편지내용 이시다
훌쩍훌쩍 우리 어머니 사랑을..

내 마음은 어디에

허락 하지 않았는데도 찾아와
신체 구조를 구석구석 누비며 탐색하는 바람에게
내 몸 만지는 것을 허락한다

내 마음을 흔드는 투명바람에게 묻는다
바람아 내 마음은 어디에 있나
내 마음도 바람처럼 투명이라지..

더듬거리며 찌르고 들어오는 들꽃에게 묻는다
향기야 내 마음은 어디에 있나
내 마음도 향기처럼 투명이라지..

나도 바람처럼 어디든지 갈 수가 있고
나도 꽃처럼 향기를 낼 수가 있단다
생각이 머무는 곳에 내 마음이 있다지..

4

다이아몬드
사랑

사회모순에 깨져 무너져도
사랑가시에 찔려 아파해도
다이아몬드 사랑이
그대를 꼭 지켜 줄 것이다

옷 벗기면 알몸은 같다

원시생활의 인류는 옷을 훌러덩 벗고 살았다
알몸을 적나라하게 보고 살았다
아담과 이브처럼 그렇게 살았다

숲속의 왕 사자와 같이 옷을
다 벗은 채 사냥을 하면서
물감의 위장술이 옷을 대신했다

사는 곳에 따라
위장술이 조금씩 달랐지만
공동체 생활을 했다

옷을 겹겹이 걸치고
감출 것 다 감추고
문명생활을 하는 사람들은 비밀이 많다

문명인의 알몸을 훔쳐보는 일은
범죄에 해당되고
남자와 여자는 서로를 못 본다

문명인의 생활은 양파껍질을
포장해 놓은 것과 같이
생각의 모양과 색깔이 다르고
배움의 깊이와 무게가 다르다 해도

잘 사는 사람이나
못 사는 사람이나
샤워장에서 옷을 벗으면
천년만년전의 원시인처럼 알몸은 똑 같다하더라

사랑하고 싶을 때

우리가 갖지 않은 것 중 가장 잘난 것들..
나는 최고 !
나는 잘 될 거 야
나는 잘 해 왔어

우리가 가진 것 중 가장 못난 것들..
내가 무슨..
내가 설마..
나는 못해..

우리가 사랑하고 싶을 때..
그대만을 기다리고 있어
그대만을 믿고 있어
그대가 먼저 잘 할 거야

미워하지 말기

사랑 없이 사는 사람이
참 많아 보이지만
실제는 그렇지가 않다

사랑하고는 거리가 멀어 보이는 얼굴인데도
큰 사랑을 갈구하고 있다는 사실에
우리는 주목해야 한다

사랑을 가리게 하는 일들을
조금 뒤로 미루었다고 탈나지 않는다
사랑 선수만이
사랑 앞에 설 수 있다

사랑하는 사람을 미워하지 말자!
먼저 손 내밀어 주기를
기다리고 있을지도..

사랑을 할 줄 아는 사람이
그대입니다

그대의 그물망에 걸려
사랑의 노예로 그대를 섬깁니다

그대를 모르기에 그대에 대한
나의 느낌을 사랑하고 있었습니다

이젠 색 안경을 벗습니다
그대의 사랑이 크고 넓게 보입니다

겨자씨만한 사랑이 홀로 하는
외톨박이 사랑이었습니다

그대가 심은 겨자씨만한 크기의 사랑이
다 잘라서 큰 사랑이 되었습니다

사랑하는 그대

　　태양처럼 밝은 빛
아지랑이 같은 숨결로 다가서는 임이시여!

신뢰와 믿음의 인생길을 화사하게 수놓으시고
　　사랑을 심어 주시는 임이시여!

　　폭풍이 송두리째 흔들어도
　　묵묵히 지켜주는 임이시여!

　　세월이 강물 흐르듯 자연을 꼭 닮은
　　그런 임이라서 더 좋습니다

외로울 때는 표현의 예술을

분홍 연지 붉은 색을 묻힌 입술의 표현이
얼굴의 예술이다
누른 얼굴에 하얀 분칠을 바르면
하얀 얼굴이 나온다

나를 사용하는 사용법은 몰라도 좋다
미소 짓는 얼굴이
거울 속에 들어가
나에게 웃고 있다

무엇도 기억하지 않고
예쁜 목소리를 꺼내어
빈 하늘과의 대화를 나눈다
녹색의 시간이 가기 전에..

꼬 꼬재배 내 사랑

청춘이시여!
옛날 사람들은 꽁보리밥을 먹고 살면서도
사랑하나로 아들딸 잘 낳고
꼬박 꼬박 세금을 납부하면서 애국했었는데..

애국하는 이시여!
과거 암울한 시대에 총칼의 탄압 앞에서도
우리의 조상님들은 인연을 맺고
후손들을 잘 키워 오셨는데..

사랑하는 이시여!
경제력 안 된다고 탓 하지 마시고
검은 머리 파뿌리 되기 전에
서둘러 인연을 찾아 아들딸 낳아 애국해요

사랑 접어두니

칠흑 같은 어두운 세상을 살면서
마음의 창에 불마저 끄니
바보 같은 인생이 찾아왔다

사는 것보다 죽는 것이 훨 이익이라며
강물에 퐁당
아파트 옥상에서 쿵쿵

함부로 인생을 내동댕이치는 그대여!
인생을 통째로 둘둘 말아 뜨거운 사막 모래를
걷는 한 사람이 있다는 것을 기억해 보라!

함부로 인생을 낙심하는 그대여!
구겨진 마음이랑 쭉 펴고
제대로 된 사랑 한 번 더 해 보라!

우리의 사랑은 모닥불

상처 없는 사람은 두 번 사랑하지 마라
둘의 시선은
타오르는 불씨로 향한다

남남 같은 우리는 할 말이 없는데
모닥불 타는 소리는 밤하늘의 별들에게로 향한다
머리에 이고 있던 기억들이 지워지고 있었다

가시에 찔린 멍을 가진 사람끼리
모닥불에 비친 영롱한 눈빛이
첫 사랑 그때처럼 되살아나고 있었다

알 수 없는 일이다
찔려 멍든 데를 모닥불로 지지고 태우는
불나비가 되고 있었다

빈 의자의 주인

고즈넉한 숲속에 임의 체온을 기다리는
나무의자가 열기를 잃고 있다
도토리 떨어지는 꼬불꼬불한 산길에는
그날처럼 다람쥐가 좌우 살피며 보초서고 있다

어디선가 들리는 연인들의 소리에
다람쥐는 은근히 자리를 양보한다
가난한 연인들에게 손짓 인사하는
풀잎 속에 숨어 있는 신선한 바람들과

따스한 햇살의 응답은 축복의 빛으로
연인들을 감싼다
빈 의자의 주인으로 앉은 한마음의 사랑 앞에
시련은 극복되어가고..

남들이
하니깐

글로벌 시대의 지구촌은 한 가족이다
다양한 나라의 명품들이 밀물처럼
각 가정의 안방까지 방어망 없이 밀려들어오고 있다

할부조건이 좋다고
이것저것 챙기는 그대여!
한 번쯤 고민을...

열심히 살아 온 그대여!
남들이 하니깐
내 인생에 오점이 생길 수도...

명품을 갖고 싶은 그대여!
멋진 그대의 인생을 위하여
한 번쯤 계획을..

위대한 사랑

모르는 사랑은
확신을 갖지 못했기에 맹물 같고
아니라는 사랑은
계산이 있었기에 쓴맛을 본다

보는 눈으로만 사랑을 했기에
맨땅에 헤딩하여 뇌의 구조가 부셔지기도 하고
듣는 귀로만 사랑을 했기에
속이 상해서 화가 치밀어 오르기도 한다

여자에겐 내숭이 때론 무기이고
남자에겐 허풍이 때론 용기이다
힘겨루기의 손익계산서를
받아 들면 마이너스 지출들이 대부분이다

사랑은 지금까지도 알 수 없기에
가슴이 놀라고 설레는 사랑을 위하여
속는 일이 있을지언정
비껴 갈 수 없는 속사정이 있다

사랑이 위대하다고 말하는 것은
혼자 하는 외사랑이 아니라
둘이서 일구고 키우는
인내를 담보하는 사랑도를 체험하기 때문이다

진달래가 예쁜 것은 개나리가 곁에 핀 때문이고
둘의 조화가 아름다운 것처럼..
그대 때문에 사는 맛이 달달하게 나고
날마다 승리하는 날이 바로 오늘이 될 것이다

오늘이 가고나면

뇌리의 아쉬움들이 창공에서 비행한다
시간의 길이가 다 타들어가기 전에
함께 더 나누어야 할 과제들이 있었는데..

오늘이 가고나면 서운하겠지..
아쉽지만 말없이 고이 보내드리오리다
머물 곳 없는 내 마음을 붙들고..

별안간 갑작스런 일 앞에서
고맙다는 말도
차마 전할 수가 없었는데..

약속 없는 약속으로..
준비 없는 준비로..
새날에 새사람이 될 꿈에게 잉크 한 방울만 뚝..

영원한 인연 되고픈 데

태어날 때는 왕자와 공주로 대우받아 왔지만
그대와 나
죽을 때는 송장처럼 냄새나는 인생 아니던가!

사회의 모순에 깨져 무너지고
사랑의 가시에 찔려 아파하고
상처받기 위해 태어난 인생이 우리 아니던가!

고등어 썩는 냄새와 같이
돈으로 인생을 사고파는 어지러운 세상에서
미움과 증오 없는 우리 아니던가!

그대와 나의 매듭은 풀어 헤쳐서 새롭게 묶어서
한바탕 서로의 때를
비비고 묻히며 살고 싶은데..

임께서 원하신다면

붉은 서산 노을을 보면서
그대를 생각했다

새벽녘 꼬끼오 꼬끼오 장닭 우는소리에도
그대를 생각하고 있다

임께서 내게 전할 말을
새벽별이 전해 온다

새벽바람이 차니까
"몸성히 지내시라고.."

다이아몬드 사랑

임의 맛짓으로
내게 다이아몬드를 주셨기에
내게 저장되어 있는 사랑이
다이아몬드가 된 것은 아닙니다

다이아몬드 사랑은
뼈의 구조물을 튼튼하게 하고
혈액순환을 돕고 심장을 뜨겁게 달구어
신체에서 빛이 나는 건강한 사랑입니다

내게 저장되어 있었던 사랑의 뿌리가
바로 다이아몬드였습니다
임의 눈짓 한 번에 저의 다이아몬드 사랑을
임께 고스란히 바칩니다

5

긍정으로
수고하는 인생

얼굴이 찌그러지고
어깨가 무너져도
빈손에 예쁜 그림
한 장 그린다

감나무에 감이
떨어지는 시간을 알고 있다

서둘러서 되는 일은 하나도 없다
안 되는 일은 안 되는 일로 마침하고
못 하는 일은 못하는 일로 끝이 난다

천년만년 살 것처럼 이리 뛰고 저리 뛰면서
만날 죽겠다고만 여기저기에 고했다
원망하며 불평하면서 산 인생이 전부였다

정신은 어디에 줄을 대고 있고
내 영혼은 어디에 숨어 있나
몸 덩치만 나뒹굴어 멍들고 아프기만 하다

감나무에 감 떨어지기를 기다리지 말라고
누누이 전해 들어왔지만
감나무에 감이 떨어지는 시간을 알고 있다

내 인생은 나의 것

자연이 주는 생명수를
공짜로 마시고
땅바닥에 손가락으로 그림 한 장을 그린다

심술쟁이는 가난한 생활을 하고
욕심쟁이는 부자 생활하고 있다
천지에 울고 웃는 인생들..

예쁜 나비는 한철을 못살고
하루살이는 하루만 살고
백년씩이나 얻은 우리네 인생인데..

찌그러지고 무너져도
이 보다 더 아름다운 인생이
어디에 있어 왔던가..

지나친 경고

한 치 오차 없이 돌아가는 우주의 사이클에
우리는 영향을 받고 있다
자신의 태동과 죽음마저 스스로 조정할 수 없다

태동과 죽음은 인간의 영역이 아니다
마음대로 될 것 같다던 인생이지만
자신의 앞가림마저도 불투명한 처지에 놓여있다

사는 날에 행동거지를 조심하라는 것은
하늘의 뜻을 받들어 모시는 일보다
변덕스런 사람의 마음을 구하는 일이

얼마나 복잡하고 다양한지를
잘 알다 시피
고민 중에 가장 큰 고통으로
측량을 할 수 없기 때문이다

잘잘못을 따지지 말라는 것은 아니다
잘못의 크기만큼만 질타하고
용서해 줄 것을 바란다
신을 대신해서 처벌하지 마라

못생기고 굶주린 하이에나처럼
상대의 잘못을 입에 물면 웬 떡이냐의 식으로
죽기 살기로 물고 뜯는 과잉은
우리가 사는 공동사회를 무너뜨리는 폭력이다

질책을 받고 있는 그 상대가
미래의 내 모습임을..
상대의 잘못은
과거의 내 잘못이었음을..

늦은 밤의 후회

모래 알 빠지듯 떠나는 시간들
결국 후회의 시한폭탄이 뇌를 폭파한다
눈물이 가지마다 주렁주렁 열린다
자동탈수기는 가슴을 돌려 쥐어짠다

눈 감고
눈 뜨면 잘 해야지 라고
다짐한 날들이
몇 날, 몇 년이 지났는지 알 수 없다

인간이라는 단어가
국어사전에 나열된 하나의 단어뿐일까
인간이면서
인간임을 거부하지는 못했다

정녕, 인간이기 때문에
연약할 수밖에 없는 것일까

자성과 타성을 따지고 있는 나는 누구인가
분별하는 날들이 늘어간다

따지고 분석하는 날에는
허약할 수밖에 없었고

방심하는 날에는
모든 것을 잃었다

과거의 내 잘못이었음을..

아름다운 마무리를 위하여

삶을 사는 방식에서 시작과 마무리가
서로 따로 떨어져 있다고 생각지 않는다
처음과 끝은 하나의 줄로 연결되어 있다

시작이 곧 마무리이듯
마무리는 또 다른 시작으로 이어진다
첩첩 산중에 있는 셈이다

과거와 현재가 둘로 나뉘어 있지만
하나의 줄로 연결되어 있다
처음 맞는 오늘은 미숙한 시간이고 출발점이다

오늘을 모르는 것은 어쩜 당연한 일이다
오늘을 다 살아보지 않았지 않는가
지금 하는 일에 최선을 다함이 옳은 일이다

앞과 뒤가 바뀌어 어설프게 보이고
혼란을 초래할 수도 있는 일들이다
시작하는 일 내내 시련과 고통이 따른다

큰 소리의 뻥치기로 시작하는 누군가에게는
삶을 망치는 일이 되기도 하지만
단정하기는 어렵지만 또 다른 누군가에게는
성공을 거둔 일들이 언제나 있어왔다

그릇이 작은 사람에게는 성공은 없다고
감히 장담해 본다
우리의 미래는 아무도 모르는 일이기에

어느 쪽에 줄을 서서
무엇을 하더라도 성실한 마무리로
성공적인 삶이기를 바랄뿐이다

별들에게 물어 본다

별아!
혹시 너는 네 마음을 알고 있니
나는 내 마음을 모른단다

별아!
어떻게 삶을 살아야 잘 사는 거니
지금처럼 이대로 삶을 살아도 되는 거니

별아!
인생이 무엇인지 알고 있니
나는 반백년을 살아왔는데도 모른단다

밤하늘을 비추는 어느 별이 나의 별인지를 몰라
가장 반짝이는 별이 나의 별 같아서
말하는 건데 우리 친한 벗이 되자!

만들어지는 운명

애쓰지 않고 멈춤하고 있어도
미래는 오고 있다
잘 살아도 운명이고
잘 못 살아도 운명이다

꿈틀거림도 행위이고
꿈틀거림이 없는 것도 행위이다
떠나는 것
도래해 오는 것 그저 오고 간다

진행과 멈춤의 속도조절
강약의 조화
운명을 바꾸는 열쇠는
무엇을 어떻게 끝장을 보느냐에 갈림 한다

네가 있으니 내가 있고

논밭에서 수고하는
농부의 인내로 내가 있고

바닷가에서 파도와 싸우는
어부의 인내로 내가 있고

공장에서 근로하는
생산자의 인내로 내가 있다

은혜를 많이 받았던
연약한 주인공으로 살았다

이젠 나를 섬뜩하게 잠에서 깨워
걸음마 걸음을 재촉하여 그대 곁으로 가리라!

할 수 있다

울창한 숲의 나무들도 인고의 세월을
묵묵히 지내고 큰 숲을 이루는 나무가 되었다
텅 빈 저장창고도
가을이 되어야 곡식으로 가득 채운다

농부는 말 한마디 없는 자연에게 순종하고
자연과의 조화를 이루며 농사일에 수고했어도
빈손의 가을을 만나는 날들이 종종 있어왔다
우리의 식탁에는 농부의 인내가 놓여있는 셈이다

거듭된 실패 앞에서 자신을 극복하는 비법은
한 끼의 밥이라도 제때 먹을 때 기운이 생긴다
    "할 수 있다"고 입으로 중얼중얼 주문하라!
    능력이 절로 성장하는 것을 느끼게 될 것이다

초대 하지 않은 손님들

검은 도포자락 휘날리며
밤마다 찾아오는
초대하지 않은 밤손님들

칼날과 같이 예리하게 째진 눈빛
앵두처럼 시뻘건 입술
오늘밤도 무서워 벌벌 떠는데 찾아와 째려본다

믿는 그 만큼만 소원이 이루진다는
불가사의 한 힘에 의존한다
진리로 구하지 않으면 죽는다

닥치면 기도하듯 죽으라고 기도한다
산채만한 성난 파도가 고요해지듯이
저승사자는 온데간데없이 고요하기만 하다

문고리 꼭 잡고

알지 못하는 지름길을 따라 길나서면
불만으로 푸닥거리 하는 일이 생긴다
한 가지 일을 하는데도 오만 생각이
앞을 막아선다

예측이 곤란한 일은
무엇을 보거나
무엇을 듣거나에 따라
나침판의 바늘이 방향을 정한다

어느 방향으로 정할지는
아무도 모를 일이지만
착한 심성을 고르고 골라서 꺼내려는데
요리조리 잘도 꼭꼭 숨는다

죽음과 부활

사는 날에 죽음을 한 번쯤
생각해 본 적이 있다
시간이 남아돌아서
멍하니 생각한 것은 아니다

나보다 더 배운 사람
나보다 더 예쁜 사람
떵떵 거리며 잘 사는 사람
위인전에 나오는 사람들도 그들의 무덤으로 향했다

나보다 못 배운 사람
나보다 들 예쁜 사람
나보다 더 가난한 사람
나보다 더 외로운 사람들이 사는 세상에 서 있다

죽음 뒤의 생각은 하지마라
죽음은 그대의 무덤을 의미한다
자식이 그대의 무덤 앞에서 절하기를 바라지 마라
부모만이 그대의 무덤 앞에서 울고 있을 것이다

어제 죽은 이를 생각해 보라
아무도 기억하지 않고 있다
무덤에서 벌떡 일어나 죽었다가 되살아난 사람들을
생각해 보라! 삶을 즐기며 사는 사람들이 그들이다

무덤 속에 있는 그대를
자신의 손으로 사과 쪼개듯 부수고
뛰쳐나오는 일이 지금 해야 할 일이 아니라고
말 하는 그대는 누구십니까?

6

몸님!
안녕하십니까

같은 말을 하더라도
말을 잘 하면
천 냥 빚도 갚아 준다

인생아 멈추어다오

그대여 보세요!
오늘이 가장 좋은 날입니다

"먹고 싶은 것 잘 먹고"
"놀고 싶을 때 잘 놀아"
"이빨 빠지면 먹고 싶은 것
쌓아 놓고 살아도 먹지 못해"

"허리 굽고 기운 떨어지면
사랑은 영영 포기하는 수밖에 없어"
"내 나이 먹어봐라"
"너도 늙어봐라" 라고 말씀하시는

풀 죽은 노인이 내뱉은 충고가
무시무시하게 생긴 비수로 우리에게 날아옵니다

떠난 사람들을 기억하지 말고
불평으로 허송세월을 보내지도 마세요
오는 사람 기쁘게 반겨주고
애써 아는 체하는 말은 삼가세요

인연이다
운명이다라고 생각해도 좋고
그냥 무시하고
즐겁게 한 세상 살아보세요

죄 없는 지팡이 땅에다 대고
딱딱~
인생아 멈추어 달라고
사정하지 마시고..

어째 살으라고

노부모는 자녀 공부 가르치고
월세방, 전세방으로 전출가고
땡전 한 푼 없이 산지 오래다

청년 일자리가 없어 두발 동동
등록금 대출 분할금이 미납위기이다
뼈가 녹아내리는 젊음

집값은 껑충껑충 치솟아 오르고
월급을 쥐꼬리만큼 주고
의식주는 어째 해결하라고..

시집장가는 명품의 사치이다
울먹이는 청춘은 응답 없는 하늘만 올려다본다
등골 빠지도록 키운 자식들인데..

총각의 고행

하늘을 보아야 별을 따지라는 말을
한 번에 지워지는 지우개로
총각은 뇌리를 지우고 있다

예쁜 처자는 총각이 옷깃을 스쳐지나가도
경제력 없다고 힐긋힐긋
돌아서는 지구촌의 속내

먹구름에 가린 무서운 총알이
총각 심장을
뚫고 관통한다

복지의 사각지대에 있는 총각님들 기운내세요!
    노는 땅이 아무리 많아도 소용없어요
    짚신도 짝이 있다는 것을 기억해 주세요

시골 장터 할매

이것 좀 사서 잡사보소
어제 밭에서 따 온 것인디
맛도 좋고 향도 좋니더

이 시간에는 시골 할매가 상인이네
할매들의 생활전쟁터
할매의 보물상자는 라면박스

얼마 껴
이천원만 조 보이소
고맙니더 고마워

나이를 의식하면 할 수 있는 일이 없으며
체면을 앞세우면 영영 돈은 만질 수 없다
스스로 일어나 자립하는 행위가 사는 일..

인간의 탈을 쓴 싸움닭

입을 헐 열고 구경하는 이
침을 줄줄 흘리는 이

붉은 피를 철철 흘리며
한 놈이 도망을 치고 죽던지 해야

싸움이 끝나는
처절한 장마당

퍼덕 퍼덕이는
싸움닭들이 별들의 전쟁을 하고 있다

폭풍 전야의 중년

봄날의 칼바람은 꽃바람이 아니다
꽃밭은 있는데 꽃중년은 없다
뒤에서 더 많이 내놓으라고 빵빵 거리고
앞길은 예측출발 금지의 빨강 신호등

같은 처지의 벌거벗은
나뭇가지가 부럽다
샌드위치의 중년은 새봄을 기다려도
봄날은 오지 않는다

무너진 중년의 어깨
길 잃은 양처럼 한 치의 앞을 내다볼 수 없다
어느 날에 무너진 체면이 복원되어 줄까
아~아~

거짓말이 꼭 거짓은 아니다

태산 같이 겹겹이 겹친 일들이
앞을 막아서는 날들이 참 많다

생각이 다른 사람끼리 만나는 일들로
지연되는 일들도 참 많다

약속을 지키지 못하게 하는 장애요인들이
우리 주변에는 참 많다

범위 내에서 상대의 거짓말을 자비심으로
수용하는 덕목을 갖춤이..

알고 보면 거짓처럼 여겨졌던 일들이
상대에게는 진실이었음이..

언어의 효력들

말 잘 하는 것은 지혜가 아니며
혼란을 부추기는 수단이며 재활용이 안 된다
공존하는 시공간에서
말 한 마디 없이도 도움을 주고받을 수 있다

남발하는 말은 듣지도 하지도 않는다
밖으로 나온 말의 씨앗에 숨어 있는
쇠사슬의 수갑이 말 하는 이와 경청하는 이를
구속하여 감금하기도 한다

사랑하는 이에게 사랑의 가시로 찌르는
실없는 말들은 실토하지 않는다
꼭 말을 해야 할 때는 고르고 골라서
사랑하는 그대가 복처럼 간직할 수 있는 말만을..

자연의 오장육부

산이 무너지면 무너지는 대로
쓰나미가 몰려오면 몰려오는 대로
자연처럼
순종한다

자연이 하는 일에
긍정하고
극복한다

억울한 일로 모함을 당해도
잘못한 일에 질타를 받아도
혈액이 뱅글 잘 돌아 몸튼튼 맘튼튼 한 것은
긍정의 힘이..

신 세타령의 오해

한숨으로 땅 꺼지는 신세타령에
술 한 잔 꿀꺽꿀꺽 날밤을 꼬박 다 마신다
캄캄한 굴속에 갇혀 출구를 찾지 못하고
젊음을 잃고 저승길을 찾는 것처럼..

방법이 다를 뿐이었지
그대여! 어서어서 일어나 승리를 거두소서!
저승길이 아니라 승리의 길을 찾고 있었고
청춘의 불씨에 불쏘시개를 쑤시고 있었다

봄인지 가을인지
낮인지 밤인지를 다 알고 있었으며
혼탁한 세상에서
신의 의중에 따라 출구의 방향을 살피고 있었다

말장난은 우리의 적

언어에는 날개가 달려 있는 새처럼
둥둥 날아서 어디든지 갈 수 있다
언어의 핵분열은 상상을 초월한다

한 번 밖으로 나온 말은
깨진 물병에서 막 쏟아진 물과 같아서
주워 담을 수가 없고 주변을 다 적신다

관심이 할 말을 이끌지만
필요한 만큼만 언어를 사용한다면
경제생활에 도움을 준다

육안으로는 높고 낮음과 깊고 얕음을
알 수 있지만
사람의 속내는 영원히 알 수 없는 노릇이다

웃으면 복이 와요

어제까지는 몰랐다 복은 만들어 갖는다는 것을..
　안 좋아도
　쉬지 말고 흥얼흥얼 웃어야 한다

　웃으면 없던 기운이 생겨나고
　기운이 모아지면
　없던 복도 끌어 올 수 있는 힘이 생긴다

　누군가는 하던 일이
　풀리지 않는다고
　자신 탓은 않고 세상 탓을 하고 있다

　세상의 잘못은 없다
　나 하나 고치면
　세상은 다 올바르다는 교훈을 기억해 보자!

한번쯤 자신에게 투자를..

다양한 사람들이 모여 사는 곳에
다양한 생각들이 함께 공존하는 까닭으로
짜증을 증폭시켜
짜증을 토하게 하는 괴물들이 있다

신체는 긴장된 세포들을
휴가 보내고
신선한 공기를 한 입에
가득 채운다

나뭇잎 사이로 쏟아지는 햇살의 눈빛들
풀잎 냄새를 묻힌 바람의 옷자락
흙의 피부가 숨 쉬는 소리
한 그루의 나무가 되어 숲에 서 있다

하룻밤 나를 위해

옷을 훌훌 벗은 민둥산의 비무장
    눈을 감고
    말을 한다

    자연을 뜨거운 물에 담그고
    뱃속의 자물쇠를 푼다
    들숨 날숨을 거듭하는 특공훈련을 실시하면서

    나의 소우주가 이렇게 생겼구나
    사랑한다 자연아
    사랑한다 나의 사람아

한 잔의 여유를

방금 전까지 나태하던 게으름뱅이들이
쌩~ 줄행랑을 친다
여백의 여유가 몸을 가누고
한 잔의 차 맛이 원기를 끌어올린다

불쾌지수 높아지는 날에
설탕 한 스푼 넣어 차를 마시고
어깨 쭉 펴고 양팔 위로 올리고
체조선수의 기운으로 채운다

내가 아니면 누가 이 일을 해
딴 생각 없이 용기백배로..
맑은 공기 한 바가지를
크게 벌린 입 안으로 넣고 삼킨다

자신의 길 자기가 막아

약자의 말은 꼬이고 꼬인 미궁속이 대부분이다
타인이 관여하여 훌훌 털어버리라는
말을 건넬 수도 있겠지만
정녕 약자는 털어낼 기운이 없고 기댈 곳도 없다

살다보면 이르게 찬 맛을 본 까닭으로
예기치 못한 인생살이가 전개되는 때가 있다
이때 곁눈질로 힐끔힐끔 쳐다보는 일이 생기는 것은
낯설고 불안한 삶이기 때문이다

약자의 인생은 사연이 많을 수밖에 없다
갑질의 강자는 약자를 이해하지 않는다
약자는 강자의 이해를 구걸하지 않는다
약자이므로 저자세의 일상을 받아들인다

몸님 안녕하십니까

웬 종일 수고하고 지친 몸님
이끌고
밤이면
내동댕이치고

좋은 데로 이리저리 데리고
놀다가
밤이며
내동댕이치고

밤은 속절없이 새벽으로 뛰어가 훌쩍 깨어나고
새벽에
몸님은
안녕하십니까

7

새날을 기다리시는 임이시여

아무리 찾아도 못 찾는 것은
사심이 내면에
각인되어 있는 까닭이..

정성이 오늘을 기쁘게 한다

빈껍데기가 아니라 잘 익은 벼 이삭을
봄에 보는 것과 같이 공을 들인다
부족함 때문에 정성이 생겨나고
정성이 오늘을 기쁘게 한다

일부만을 맡김이 아니라
전부를 우주의 시계에 맡기고
간절하게 이루려는 행위가
공들이는 일이다

내가 그대를 사랑한 만큼만
그대도 내게 사랑해 주기를 바라는 마음이다
결과가 없었던 것은
정성이 없었기 때문이다

용서하는 일

전쟁을 치르고 나면
마음에 묻어 있는 상처가 잘 지워지지 않는다
자신을 복원하기 위해서
상처의 제공자에게 손내밀어 용서를 구한다

직선의 가장 짧은 길이 용서이다
삶의 단맛을 내는 것도 용서이다
신께서 주신 최고의 선물이 바로 용서이다

보이지 않는 높은 벽
두렵기만 한 철벽
그 벽을 부수고 들어가는 용기가 용서이다
우리는 서로에게 가해자였다

밥 한 숟가락

대인은 폭풍 속으로 뛰어들어
양처럼 순종한다
윈도우에 전시된 마네킹처럼
솔바람에도 미동하지 않는 그대여!

밤하늘을 보라
반짝이는 별의 수만큼
그대를 기다리는 일들이 있다

방문 열고 밖으로 출격하고
귀가하는 개선장군의 밤은 즐겁고
밥 한 숟가락이
맛이 있다더라

백년예약 합시다

자기를 모르는 것도 자신이고
자기를 아는 것도 자신이다
길을 걷다가 마주친
노란 병아리 낙엽들의 행진을 본다

세월이 바뀌고
임은 떠나도
시계바늘은 백년 후에도 식사시간을
정조준 사격할 것이다

밥 잘 먹고
버릴 것을
속이 다 시원하게 쏟아내면
백년예약이다

방 한 칸의 행복

푹신푹신한 고급 침대 없이도
딱딱한 찬 바닥이라도 즐겁다
두 팔을 번쩍 들고
흔들흔들 체조도 할 수가 있고
이불을 둘둘 말아
허리중심을 받치는 등받이를 해서 좋다

웬 종일 노동으로 쌓인 피로를
두 다리 쭉쭉 펼 수 있어서 기쁘고
뭐니뭐니 해도 방 한 칸의 행복은
뒹굴뒹굴 자유를 누릴 수 있고

CCTV가 없고 감시를 받지 않아서 참 행복하다

쓰레기통이
아파요

쓰레기처럼 생산이 잘되는 물건은 없어요
부자 사람
가난한 사람
서로 사이좋게 생산하는 1등 제품입니다

시간당 어머어마한 생산량입니다
근데 쓰레기를 버릴 곳은 없습니다
어쩌다 골목 귀퉁이에 버리시면
CCTV에 다 찍혀 벌금 물어요

자신이 만든 쓰레기는 돈 지불하고 버리시고
이것저것을 짬뽕으로 분리수거함에 먹이시면
배탈 난다고 분리수거 해 달래요

꽃밭 가꾸며 즐겁게 사세요

지옥에서 온 저승사자와 마주하는 날이 있었다
뿌리는 살아있었지만 인생의 꽃은 지고
체념하지는 않았지만 저승사자에게
살려달라고 매달리지 않았다

어느 무더운 날 이었다
인생의 종착역에서
눈꺼풀이 엉켜 동태눈이 될 즈음
홀로 회개의 눈물을 흘리며

죽음과 마주한 생명을 구걸하지 않았다
세상은 생태계의 자연에서
악취 나는 쓰레기더미로 변했고
아는 소리 하는 사람이
지배하려는 세상이라고만 전했다

저승사자가 이 말을 경청하다가
나를 되려 살려 주셨다

염라대왕님께서 나도
이승에 가서 살까

죽고 싶다고 함부로 말하면
하늘의 새가 듣고
땅의 짐승이 듣고
염라대왕에게 다 일러준다

죽고 싶다고 눈동자를 깜박이면
지체 없이 저승으로 꼴깍 모신다

잘될 수밖에 없다는 확신과
담대한 용기를 갖고
한번뿐인 이승에서의 처소를
꽃밭과 같이 가꾸고

자연과 더불어
즐기는 생활을

염라대왕님께서 다 보시고
"나도 이승에 가서 살까"
이승이 좋다는 말씀을
아끼지 않으신다

못 다한 사랑의 이름으로

허공을 휘 젓습니다

못남을 감당할 수 없는 일이라면
시간을 멈추게 하고
잠시 장소를 떠나야 합니다

침묵이 원망으로 비추어져서는 안 됩니다
긍정도
부정도 아닙니다

단추를 잘 못 끼웠으면 급할 것 없습니다
풀어서 다시 끼워 넣어야 합니다
다른 방도는 찾을 수 없습니다

거짓은 거짓으로 풀어야 하고
진실은 진실로 풀어야 합니다
못 다한 사랑의 이름으로 허공을 휘 젓습니다

먼 길 돌아서 오는데

절룩거릴지라도 꽃 만나자

붙잡지 못해
기다림의 폭탄을 맞고 폭삭 주저앉았다
동행할 수 없었기에

반창고를 그리움에 붙이고
그대만을 생각 했다

처음과 같이
만나자!
처음 본 그 얼굴이 아니라서
남남처럼 돌아서지 말자

먼 길 돌아서 오는데
절룩거릴지라도
꼭 만나자

언제라도 사는 날에
꼭 만나자
보고 싶다

그냥
울어요

남자라는 이유만으로
여자라는 사연만으로
소방차를 가슴에 싣고 불타는 세월을 건너갑니다

작은 일에
큰 나팔 소리가 울리면

생명을 태우는
큰 불이 납니다

얼굴에 붉은 화점이
생기는 것은

울고 싶을 때
꾹 눌렀기 때문입니다

울고 싶을 때 그냥 울어요
엉엉 울다보면 콘크리트 가슴이

댐 무너져 터지듯
닫혔던 세상이 덜커덩 떨어집니다

희망가진 새가 날아와
씨앗 던져오면
그때 벅찬 눈물을 닦고
벌떡 일어나 뛰어요

그대 사랑하니까

세상 파도 들이닥쳐
비틀거려도
사랑하니까

실패로 손가락질 받으며
뇌를 손상해도
사랑하니까

속고 속이는 일상에서
아침상 꼭 드시고 기운내세요
사랑하니까

태산보다 큰 세상 앞에서
눈 동그랗게 뜨고 당당하고 씩씩하세요
그대 사랑하니까

산 에서 허기진다고

햇살 따가워도
태풍 몰아쳐도
가을이 오면 조롱조롱 열매 한가득

여물기 전에 떨어질까 나뭇잎이 감싸고
영글면 하나 둘씩 툭~툭~ 떨어진다

생태계의 주인들을 아랑곳 하지 않고
인정없이 욕심부려
바구니 마다 한가득씩 챙겨가니

산에 사는 생태계의 생명들은 허기진다고
까악~ 찍찍~
이 산 저 산 메아리~

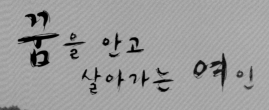

꿈을 안고
살아가는 여인

미래를 여는 열쇠가
살아 있는 꿈들이다
곱디고운 소녀의 예쁨은
사진 앨범에 갇혔지만

별처럼 빛나던 꿈들은
새가 되어 새벽하늘을 실바람 타고 오른다

해가 가고
달이 가고
꿈을 만지는 날을 위하여

절레절레 한눈팔지 않고
모질고 긴 세월을 뒤돌아보지 않는다
세상을 이기려 하지 않고
나에게 인색하지 않는다

상처 없어 보이는 사람이
중환자실에 들어갈 환자이다

애쓰고 어찌해 볼 도리가 없기에
웃고 있어도 울고 있다
겉과 속이 다르지 않지만 그럴 수밖에 없어
또 그래야 하고 그게 옳아

기다림은
꽁 언 겨울의 찬바람과 같고
그리움은
하늘의 먼 허망한 구름이기도 해

듣지 못하는
귀머거리 흉내를 곧잘 내고
말 못하는
벙어리처럼 자기 일에
그냥 열심이지

8

깨끗한 하늘아래

숨 쉬는 행복

젊음에서 늙음으로 바삐 가고 있다
세월은 그대로인데 내가 가고 있다

수레바퀴 같은 인생

우리의 인생을 최대 연장하여 100년을 산다해도
36,500일밖에 못 산다
하루 86,400초는 자신의 생명이기에
다 사용해야 한다

근로하는 시간을 낭비하지 마세요
휴식하는 시간을 낭비하지 마세요
사랑하는 시간을 낭비하지 마세요

내가 나에게 속고 있었다
속았던 사람이 바로 나였다
할 일과 안 할 일을..
할 말과 안 할 말을..

미완성품의 마음

비행기를 만드는 재료들이
마음이다
마음은 완성품의 비행기가
아니다

마음이 좋아하는 임은
눈앞에 아니 보이고
마음이 싫어하는 타인들만
눈앞에 와글와글 한다

마음은
밀가루 반죽 상태에 있으며
뜨거운 김이 묻어 있는 막 구워내는
빵이다

여행의 엔도르핀

보고 듣던 일상의 알음알이들이
어둠과 힘듦이었다
다른 시간 속으로 일상을 옮기고
다른 장소로 나를 옮겨 놓았다

일으켜 세우려는 작은 힘마저도
재생할 수 없었다
누군가의 도움이 절실히 필요했던 나였을 때
아무도 나를 지켜보려 아니했다

변명이다 "다른 생각은 없다"
파란 하늘에 구름 한 점뿐..
오늘 나를 쉬게 한다
고목나무의 새 손처럼 새싹이 하늘 높이 행진 중..

자연풍경이 세상 속으로

지붕처마 밑에 핀 얼음 꽃들의 하늘축제
얼음 꽃 봉우리에 맺힌 물방울이
세상과는 거리를 두다가
비틀거림 없이 똑바로 세상 속으로 낙하한다

자신의 그림자가 술에 취해 비틀거리는 것처럼
흔들리고 있을 때
온통 세상이 비틀거리는 것처럼
보이게 될 것이다

하늘이 알기에
하늘에 맡기며
물과 기름과 같이 섞이지 않고
홀로의 존재 고드름처럼..

물안개의 신기루

자태를 보일 듯 말 듯 감추고
하얀 속옷차림으로

저 멀리 대자연의 신기루가
산을 가리고 펼쳐지고 있다

물미역처럼 풀어헤쳐진 신기루들
열린 속옷의 문 안으로 들어선다

바람에 날리는 거대한 속옷 자락이
방울방울로 나를 감아 돈다

벗겨진 나무 옷은 비타민

숲에는 나무들이 살고 있고
열매들을 영글게 한다
숲에는 바람도 살고 있다

해양성의 더운 바람이 불어오면
푸른 잎들이 큰 그늘을 만들어
동물들의 안식처를 만들어 주며

대륙성의 찬바람이 불어오면
색동의 옷으로 바꾸어 입고
바람의 손에 옷을 하나씩 벗는다

벗겨진 마른 나뭇잎은
비타민으로 변신하여 뿌리에 영양을 공급하며
돌고 도는 순환 여행을 한다

그대의 관상은 몇 점

잠자리에서 일어나자마자 거울을 보며
미소 짓는 사람들은 많은데
거울이 없는 곳에서는
무표정의 사람들이 많다

걸음걸이가
그제, 어제, 오늘의 성격이라는 점..
인격의 명함이
부드러운 말씨라는 점..

인상도 심상도 노력으로 만들어진 산물이며
인상도 심상도 유전현상이 아니라는 점..
그대는 나의 거울
나의 미소가 그대의 미소라는 점..

참 잘 했어요

과거습관을 유지하는 데는 100단이며
무의식으로 사는 데는 1,000단이다
과거습관을 뇌 속에 담고 무엇을 한다고 해도
실패는 따 놓은 당상이다

습관화 된 생활을 무의식적으로 하는 때는
영혼이 없는 삶을 사는 셈이다
습관 하나를 바꾸면
인생 전부가 바뀐다

고래도 칭찬을 하면 춤을 춘다는 말은
칭찬하는 일에 인색하지 말라는 뜻일 것이다
아낌없이 칭찬하는 습관으로
충만한 새날을..

봄 그리움이 삐죽 쏟는 날

언제나 삶은 겨울이었다
찬 땅에 묻힌 씨앗이 삐죽 봄을 그린다

기다림 없이 그리움만 냉가슴에 안고
살아 온 날이 얼마인지..

사업장의 위기
죽음의 고비를 넘나드는 병고..

봄과의 약속은 없었지만
벌써부터 봄을 기다린다

겨울에 핀 그리움의 꽃들을 냉가슴에 저장하고
봄맞이 여행을 떠난다

임이시여,
사랑으로 오시는 임이시여

험난한 세상의 성난 파도를
헤쳐가면서
언제나 새 소식의 희망을
기다리시는 임이시여!

세상길 굽이굽이 돌고 고개를 넘다가
한 점의 구름 같은 사랑을 느끼시고
숨긴 마음이 들킬까
당황하시는 임이시여!

검은 꽃
다닥다닥 수를 놓은 얼굴에
방긋 미소 짓는
임이시여!

알 수 없는
나의 꽃이 필 때까지

마음의 지도가 바뀐 지 오래전이다
덕지덕지 붙은 딱지들
삶터에서 받은 굴레들

눈 감으면 고단한 하루에 마침표를 찍고
눈 뜨면 또 다른 하루의 시작이었다
지나온 옛길들을 열어볼 단추는 그대에게 맡기고

그대가 알 수 없는 씨앗
하나
숨기고..

나의 꽃이
하늘 높이 피어오를 때까지
나는 사투를 벌이고 있다

좋은 생각을 찾아라

하늘에게 나는 요구했다
그리고 하늘은 나의 요구를 받아 주었다
바다에게 나는 요구했다
그리고 바다는 나의 요구를 받아 주었다

나에게 나는 요구했다
그러나 나는 나의 요구를 거절 했다
임에게 나는 요구했다
그러나 임도 나의 요구를 거절했다

잘못 살아왔다고 과거로 되돌아 갈 수 없었다
소원성취를 위해 미래로 빨리 갈 수도 없었다
자기를 구하는 것은
오직 지금의 자신뿐임을 알았다

손수건이 슬퍼해요

뒷간에 누런 책 한 권이 새끼줄에 달랑달랑
거시기 한번 싸면 책장 찢어
엉덩이 닦던 시절이 있었다

최근에 고속도로 등의 화장실에 비치한 휴지를
둘둘 말아 손 한번 닦고
휴지통으로 쌩~ 골인하는 일들이 늘어나고 있다

가정에서는 생활비 아낀다며
타월을 못살게 굴더니
공공장소의 물품들은 공짜라고 멋대로...

손수건이 슬퍼해요
손 씻고 닦을 때 꼭 사용해 달라고 하네요
손수건의 아픔을 우리가 달래줘요

우선순위가 바뀐 마구잡이

멀쩡한 물건을 쓰레기 취급하고
세상물정은 나는 몰라라식으로 산다
귀한 줄 모르고 펑펑 과소비한다

마구잡이로 사용하다가 버리고
고장이나 깨지지 않은 물건
유행 지났다고 버리고 또 사고..

멀쩡한 목숨도 물건처럼
나몰라라식으로 무책임하게 던지는 뇌구조
말 못하는 안타까움이..

사람들이 쓰레기 만드는데 일조하더니
쓰레기의 노예가 된 사람들
쓰레기 때문에 일하는 사람들..

새 싹들에게
관심을 부어 주세요

미래에 나라를 이끌어 갈 귀한 보물들입니다
아이들에게 폭행하지 말아 주세요
잘못을 저지른 아이들에게는
사랑스런 관심으로 잘 가르쳐 주세요

철부지 아이들입니다
어른들의 눈높이에서
아이들에게 폭언하지 말아 주세요
아직 성장을 다 하지 않았습니다

우리 사회의 손길이 필요한 새싹들입니다
가족의 품안에서 자유를 누리며
마음껏 뛰어 놀며 공부하고
건강하게 자라야 하는 우리의 미래들입니다

몇 초만의 이별

자연을 훼손하는 주범이 된 일회용품들의
서러움을 아시나요
사용하다 버려질 일회용품들이
벌거숭이산들을 만들어가고 있습니다

산에 나무가 사라지고 없어지면
우리 후손들이 살아야 할 미래의 환경도 없어집니다
주거환경이 오염되며
큰 비가 오면 침수피해가 생깁니다

몇 초 만에 물 한 컵을 다 마시고
빈 종이컵의 운명은 바로 구겨져 버려집니다
당장의 생활에 편리함에 속아서는 안 됩니다
나무에게도 생명의 연장을 허락해 주세요

욕심의 늪

곤궁하다고 남의 물건을
덥석 품어서는 안 된다
곤궁한 사정이 있다고 해서
스토리가 같은 것은 아니기 때문이다

예나 지금이나
미래에도
곤궁하게 사는 사람들은 있을 것이다

곤궁한 사람은 쉬지 말고
기술을 익히고 근로하여 삶의 질을 높여야 한다
곤궁한 사정은 있을 수 있지만
곤궁한 사람은 없기 때문이다

빈손을 조종하는 신은 누구

언어로 말할 수 없는 것들을 손에 들고
기억들이 남아 있을 때
달력 한 장을 또 넘긴다

모년 모월 모일 모시에
빈손으로 왔다가
모년 모월 모일 모시에
빈손으로 가고 있다

손에 든 뜨거운 감자를 조정하는 이가
들게 했다가 내리게 했다가를 주문한다
둘 다를 내가 하고 내가 받고 있다

인생은 즐겁게

세월에 쫓기다시피 하는
언제 죽을지 모르는
우리들은 파리 목숨이다

전쟁터에서 적이 쏘는 총알을
100번을 잘 피신해도
단 1번을 피신하지 못하면 바로 무덤행이다

걱정일랑 하늘에 떡 맡기고
깨끗한 하늘아래
숨 쉬는 행복을 마음껏 누리자!

세상이 훤히 잘 보이는 것은
만사형통을 의미하며
세상에 속지 않는다는 것이다

햇살이 뽀송뽀송 일어나 새벽을 깨운다
희망과 낙망은 손바닥 뒤집기
세상이 무너져도 쏟아날 구멍은 있어왔다

캄캄한 굴속이 어둡다는
갇힌 생각 때문에
삶이 즐겁지 않았다

길을 만드는 것은 우리들이 할일이 아니다
신의 능력이 인간의 내면에 속 들어찰 때
성인도 영웅도 탄생되며 우리에게 온다는 것이다

하늘은 스스로 돕는 자를 돕는다고 했다
빠른 성공과 빠른 실패보다
늦은 성공이 아름다운 승리이다

임이시여, 보이는가

임 그리다
고추장독대 밑에 열쇠를 밀어 넣는다

임이시여, 아시는가
된장장독대가 아니라는 것을..

고장 난 시계소리
딸가닥 딸가닥

임이시여, 보이는가
잠이든 모습을..